歌集

青熒

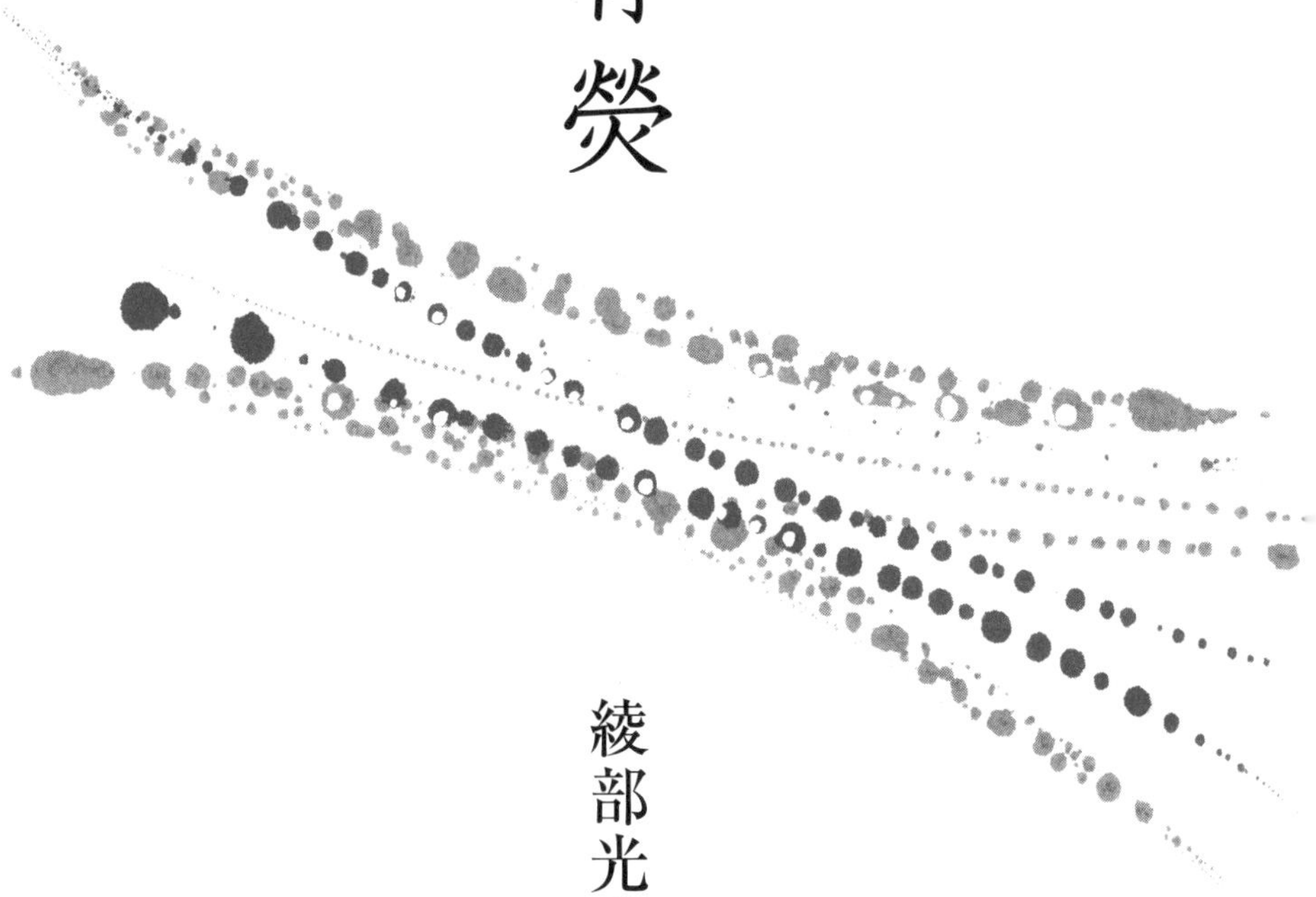

綾部光芳

角川書店

目次

I

薄ら氷 11
アンドロイド 16
従ひてゆく 21
みどりの靄 25
河原撫子 30
酒呑童子 35
光の粒 39
秋茄子 44
迷路 49
雨粒 55
侵略 60
秩父の冬 65

利休　68

Ⅱ

杉苔　77
アンダーパス　83
楓の葉　88
長寿　93
埴輪　98
円空仏　103
はだか樹　107
走り根　111
数珠　115
青熒　119

Ⅲ
戦中 125
戦後 129
Ⅳ
吉野幻想 135
Ⅴ
感傷 147
線香花火 152

痕　跡　157
一滴の水　163
紺丹緑朱　171
演　技　178
地衣類　183
自撮り　188
地の底　193
消えてゆく　198
女　神　203
老い木　209

あとがき　216

装幀　熊谷博人

歌集　青熒

綾部光芳

I

薄ら氷

実を払ひ葉も払ひたる冬の樹《き》の拘《こだは》りもなく佇《たたず》みてゐる

降る雪の乱れやまずも光芒《くわうばう》をあとしばらくは宴に浸れよ

薄ら氷《ひ》はひかりを集めみづからを水に戻して星うつしをり

壁紙に亀裂が生じ伸びゆくを行く先は戦場のまつただなかに

化野《あだしの》をねむるあまたのたまありてこのまま私も珠になりたい

皮剝《む》きて人参は美《は》しきよそほひをされどきんぴら牛蒡《ごばう》となりぬ

方代《はうだい》さんの横に坐ればほんわかと註文が来ないとぼそぼそ言ひき

チリの鮭がタイに運ばれ加工されおにぎりとなりコンビニにある

なにゆゑにわたくしはゐるなほ日日を貪《むさぼ》るつみをゆるしたまへよ

弱き指は音をよわく出すやうにとショパンは楽譜に書き遺《のこ》したり

いちにんに奉仕してゐる細胞へありがたうを忘るるときに死は来む

大宇宙《コスモス》のなかの元素は五パーセント　水《みづ》惑星に人のゐるのが不思議

アンドロイド

口中の炎症言へず黙《もだ》すとき火を噴くやうな反撃に遭《あ》ふ

茹《ゆ》でらるるための卵が限りなく積まれて順番待ちの厨房

合掌のもろ手の薄きあはひにはかなしみを呼ぶ空間のあり

晩秋はあつけなく過ぎやうやくに人はおのれを見直すとき来《く》

ゆふぐれに吸ひ込まれゆく野も山もひとのいのちもやみの奥へと

知性・理性を信じよと聞きにし遠き日に一億玉砕といふことばのありき

生《しやう》と死の間《あはひ》に集ひ愚《おろ》かしく　パ・ド・ドゥ　貌《かほ》を引き攣《つ》らせ舞ふ

剝き出しの核酸　さりげなくにんげんへと押し込まれ力を得むか

いまもなほ脳《なづき》を占むるわが師たりし大野誠夫《のぶを》に逢ひたきものを

夜の川辺　元彦　英之《ひでゆき》　潤　賢二　修文　紅花《こうくわ》　らと酌みしことあり

うたびとのアンドロイドが席巻《せつけん》し向後《かうご》の人らは指導受くべし

渡らむとまどひゐるらし歩道橋阿修羅《あしゅら》の重き腕《かひな》のあはれ

わが魂《たま》は花びらとなり風にのり吉野の渓へ流されゆかむ

従ひてゆく

花弁《はなびら》の流れゆく先やうやくに瀞《とろ》に至れば生涯をはる

咲く筈の蕾は幼《をさな》に摘まれたり掌をもはや展《ひら》くことなし

竹は風の力を受けて撓《しな》ふときしづまりがたき思ひ抱《いだ》かむ

うつ伏せになりてしばしを修復のされぬ過《くわ》去《こ》世《ぜ》が蘇りくる

みづからの力では移動出来ぬらし大型台風になりたるのちも

勾玉《まがたま》のうたに託すは産まれざるものへの挽歌　佳《よ》きことあらむ

風なき日を選び散りゆく公孫樹《いちやう》の葉　樹はたちまちに空間を生む

罅《ひび》の入りしコップに触るれば歳月は漏れてゆくらし父母ねむる地に

伸び続けやうやく樹《き》となり散り際をことさら惜しむ　耀《て》るオリオン座

モーツアルトのアリアうたひしをとめたち　いまは　観音に従ひてゆく

みどりの靄

ああきみは若き日の君握る手に夢と知りせば醒《さ》めざらましを

君の書きし跡を辿りておづおづと黒くなぞりぬ重箱とふ字を

にぎる手にぬくもりありて白き帽被《かぶ》り微笑《ほほゑ》みしたびの日のきみ

冬至過ぎいまさら聞けぬ来《こ》し方のきみのつとめてゐたころのこと

さればきみが干しし下着にほころびのおよべばつひに捨てむとするも

逢ふことのなくなりたれば遠き日のかがやきいまもこころを去らず

美しく見せむがために費やすをあらん限りをあだと言ふまじ

信長の苛立ちはおのれに戻りきていのち喪《うしな》ふそのあつけなさ

秩父嶺をやうやく兆すぬくもりにみどりの靄のやや薄れつつ

鬼退治さるるか怨霊《をんりやう》となるべきか虐《しひた》げられしもの迷ふらし

寂しさはおのづと深く迫り来て風強き夜《よ》はをりをり目覚む

契約を出来ざる齢に人として認められざる幸せあらむ

河原撫子

地に低く石蕗《つはぶき》の葉はもう降らぬ雪をし偲び悦《よろこ》ぶらしも

片仮名も略語も殖えて真実は人目を避けて沈みゆくらし

永遠は近づき橋を渡るときもはやことばは不要となるも

寂しさを笑顔で隠しふるまへば夜中にどつと汗の吹き出づ

粘菌《ねんきん》は時速一センチですすむらし飢ゑてをらざる単細胞は

捨ててゆく物も思ひもいづれはも自らも不要と川渡るらし

ものおもふ夕暮れは来てひとしきりアルバム広げ長城にゐる

蕺菜《どくだみ》はひとを扶《たす》くる植物と理解さるるまへに駆除されてゆく

差別さるる齢ともなればどうしやうもない人生がこれから先に

ひとところに咲くを好まず絶えてゆくあはれなるかな河原撫子

界越えてゆきにし人のいくたりぞなつかしき老《おい》もはや見かけず

旅先にいのちおとしし君ゆゑにこころ残りのいかばかりなる

西ヶ谷茂氏　二首

子をのせてわが家訪ね来し君にして笑顔に羞恥の表情を見つ

酒呑童子

をとことはいづれ消滅するならむY染色体は傷つき易し

かなへびの見つむる先に林あり風のみどりは束の間のこと

もともとは林ありしに潰《つぶ》されて都会はあらかた消費する街

つかみたるゴキブリおそらく中年か器の水にそつと放ちぬ

マントルのなかの水素の働きを知らねばひとは永遠《とは》に栄えむ

ウイルスは悪者ならむかにんげんの出産に必須の役割せしに

だまし討ちされたる酒呑童子《しゅてんどうじ》にていつまでも鬼とことはの鬼

自らが望みてなりたる鬼ならずさう言ひて引つ込みがつかぬと溢《こぼ》す

父の遺伝子があらざれば胎盤は出来ぬらし　男消滅の説があれども

魚のいのちをいただいてゐるカワセミを愛《は》しと川辺に人らこゑあぐ

ベニシジミルリタテハみなうつくしき名をもつされどイヌノフグリは

光の粒

落ちてくる光の粒を拾はむか息をしづめてほたるの沢に

螢　二首

きみのこゑ少しふるへてわが胸に　その夜は螢飛び交ひゐたり

妻と見つめし箕面《みのお》の滝はひたすらに落ち続けゐつ秋のさなかに

耐へきれず揺り動かされる現実を地下の便りに慣らされてゐる

両神山にかかれるかすかな冬の虹百歩あゆめば消えむとするも

張りつめる弦なだめつつ老調律師ピアノにもたれ塑像《そざう》となりぬ

いつの日も喪服を奄美《あまみ》に挨拶を交はししヴェールの島尾ミホ氏と

人人を圧《お》しゐる気体は一ミクロンの透間すらなくぴつたりとつく

たかむなの伸びゆくほどにわたくしの背丈を越えてもう喰はれない

笛の音の届きしならむをみなごを呼び寄せたしとミューズの神は

横笛　三首

横笛を唇《くち》にし曲を奏《かな》づるを女神は身近に聴かむとするか

をみなごを召して聴きゐむ天界に神へ奏《かな》づる銀の横笛

秋茄子

とほき日に妻と走りしこの道の何かが違ふ確かに違ふ

山百合と女郎花《をみなへし》咲く文月《ふづき》半《なか》ば　早くもつぎの気配する庭

みそ碗の味噌の動きはゆるやかに上昇下降を繰り返しをり

千葉港の片方にポートタワーあり愛の南京《ナンキン》錠あれど人ゐず

好感をもちたる人はたちまちに画面から消ゆ気象予報士も

滅び行く時代《ときよ》に生きむさりながら羽なき鳥は地を走るのみ

悪を率《ゐ》てのぼりつめにし頂点を占むるやからに法《のり》の雨降れ

コロナ菌がＤＮＡに組み込まれ繁栄してゐることも知るべし

過ぎたるは及ばざるごと　大雨は山崩しゆく　梅雨の末期に

地に馴染みみごとに育ちしいつぽんの樹に囀《さへづ》るはけだし画眉鳥《ぐわびてう》

うすべにのツクシカラマツしばらくは視線を集め夏至過ぎむとす

秋茄子を含め煮にして食らふとき何よりの馳走とほくそ笑みをり

ほそき頸《くび》　たしかにをとめいづれはも自由に生きて老いてゆくらむ

迷　路

冬の野は物音もなく雪上の波紋は風の遊戯《ゆげ》のその後を

激減の理由わからぬ感染者いづれ新株が襲ひて来るか

指先の冷えうべなはむ凍《こご》えゐる山茶花の朱に触れて驚く

ほどけたる心をしめて向かはむか著《しる》く白めく山のふもとへ

雛の息かすかに聞ゆる夜の更けを彼岸《ひがん》此岸《しがん》を魂《たま》は行き来す

ゆく道に死角のありてふと出逢ふ気配を感ず常世《とこよ》のひとと

大津波コロナ禍いづれも餌《ゑ》となして歌人ら詠ふ節操もなく

歳月の重みを享《う》けてひとつづつ歩を運ばむか別れを惜しみ

内に棲むもうひとりの吾に尋ねむか生誕の意義さうして向後《かうご》

寂しさを食らひ詠はむかぐはしき黄梅の花は陽を享《う》けゐるに

われは風迷路ゆくとき押し戻す気配のありて誰《た》がこゑのする

いち早く鳴く日暮らしをともしみてふたたび邃《ふか》きねむりに入る

寝たふりをしてゐるらしきデルタ株目覚めのときは再武装せむ

デルタ株の次はオミクロン株といふ希臘《ギリシヤ》文字すべてを網羅《まうら》するのか

やうやくに肌着ほころび買ひたるは妻なれどもはやこの世に居らず

雨粒

幸ひに軽い心筋梗塞と言はれ悦《よろこ》ぶ　きみに逢ひたし

水茄子の味こそよけれ幸せは表皮のうちに隠されてゐる

腹這ひになりたる視線を保ちつつ蛙のやうな姿勢を続く

粘菌の食らふ木の子に巡りあふことなくひとり歩み来し森

菌糸飛び着きしは森の上空へ　雨粒の核となりてうるほす

散りゆける茸《たけ》の胞子が雨の核にみづから流されゆくは本望

頼りなき豆腐は汁に生涯を献げて胃の腑に落とされゆくも

喪ひし児のこと何も言はずして伊東悦子は病み逝きにけり

夭折はすでに詩形を熟れさせて音楽もまたモーツアルトも

まぐはひののちに餌となる昆虫の絶ゆることなく年年を生く

さだかには見えざるかほのくらがりにマスク外せば幽界のひと

猛暑の夏ののちに長雨の秋が来る　われらの水惑星はすでに暴走

侵略

見る夢は脈絡もなく野を巡り水辺さまよひ行方不明に

ほんたうに天使がゐると信じつつ祝日迎ふる君に幸あれ

しよせん神も仏もにんげんがゐるときにゐむこれから先も

戦ひに勝たむとすれば長生きも武器のひとつか　家康もまた

神がゐるなら現実の戦ひを如何にせむ宗教はもはや砦《とりで》のうちに

ただすべき人のをらざり狂気帯ぶるいちにんに誰も遠巻きにゐる

みづいろの小さき星に殺し合ふひとら充ち満ついつまでつづく

ためらはず小国の領土を奪はむと大国といふ名の横暴がある

脱出など出来ざる私この狭き盆地に残りを生きてゆくべし

戦後とふことば消え去り戦争を知らぬ世代が頂点に立つ

火は水を気体と為しぬしかれども自由を憎み氷に戻す

侵略といふ名の大義名分は人の死などは範疇《はんちう》になし

秩父の冬

椎茸の榾木《ほたぎ》愛せし人老いて秩父の里は冬に入りゆく

廃れたる養蚕の技ほそぼそといまだ数軒残れると聞く

数軒の機屋《はたや》がいまだ銘仙を織りつつ秩父はすでに大寒

吊橋をとり囲む氷柱《つらら》は陽のひかり受けてしばらく肌輝かす

ひたすらに冬の昏《くら》さを受け入れて人人は待つ氷《ひ》の張らぬ日を

かつて聚落のありしことさへ忘れられ湖面に微《かす》かさざ波の立つ

干されゐる唐辛子の束に吹き付ける雪混じりの風は朱を際立たす

利休

脳内の駒の動きはコンピュータに匹敵するか聡太敵なし

藤井聡太棋士　三首

電脳の扶けを借りて乱戦を優位に持ち込む若き棋士はも

美濃・矢倉　定跡は古いと相懸《あひがか》りを選ぶ聡太は神と言はむか

身のうちの痛みかくして小三治は死のまぎはまで噺《はなし》してゐつ

小三治　二首

枕《まくら》のみでひと惹きつける噺家がゐなくなりたりあはれ小三治

沈埋函《ちんまいかん》を埋むるまでの困難をひとは知らざり　海の底ひに

使はざるうちに寿命が尽きにけり液漏れしたる電池がひとつ

コンテナに僅かの荷物積まれゐて約束の時刻に届けるといふ

蜜蜂も蜻蛉もいのちを喪《うしな》ひぬネオニコはじわじわ侵しゆくらし

茶室のみかをりただよふときめきを常世《とこよ》にとほき刻《とき》ゆかむとす

利休　七首

緑濃く茶筅《ちやせん》のうごきゆるやかにやがて飲み門《と》に触れ流れゆく

黒茶碗を手にする利休に秀吉は苛立ちつひに死を与へたり

盾《たて》に死を茶道残ししいちにんの行為称《たた》ふるべく月次《つきなみ》に

予定調和こばみ縦横に楽しみし茶聖に献げふかく偲ばむ

秀吉に言上《ごんじやう》したるは誰ならむいつの世にもをり怜悧《れいり》なやから

廻し飲みできざる時下《じか》のふたとせを逃《のが》るる技《わざ》を見出《い》だすべきに

Ⅱ

杉　苔

狙はれし記憶はふとも甦《よみがへ》る材木置場に遠き日のこと

水滴にうつれる秋の天も地も凝縮されて身動き出来ず

徹すべき孤高なれどもさは言へど人の恋しき矛盾に悩む

やうやくに固きが嚙める日日終り飲みこむ力衰へゆくも

末席は居心地良くてしばらくは調子外れの歌聞かされつ

いち早く啼くひぐらしを羨《とも》しみてふたたび邃《ふか》き眠りに入る

眠りゐる日日を目覚めてあふぐ空蒼《あを》は心を染め上げてゆく

みづからを奮ひ立たせて晩年を思へばすがしもの言ひてのち

秀《すぐ》れたる存在ゆゑに潰《つぶ》すべし　つぶされし人のこゑ聞こえくる

間もなくを凍《い》てつく地となるこの辺《あた》り人は隠《こも》りて日日を過さむ

この場所は育たぬと知り杉苔《すぎごけ》はつひにこの世のまぼろしとなる

柿の葉は寿司より離されたちまちに用済みとなる悔しくはないか

根や種子はしぶとく冬を乗り越えて芽生えの春を待たむとすらし

シャッターが上がりてひよいと顔を見すキッコーマンの前垂れ男

じやがいもの芽はことごとく伸びむとし冬とは言へど箱にひしめく

べた凪は冬星をさらにかがやかせ銃口を向けられし真夜を君は言ふ

つぎつぎとくすりの種類ふえゆくを拠ん所なく水辺をあゆむ

アンダーパス

わが街の氏神様に祀らるる天之御中主神《あめのみなかぬしのかみ》は妙見様ぞ

寂しさはおのづと早く訪れて風強き日はをりをり目覚む

早早と没《い》りたる夕陽たちまちに闇の蔽《おほ》へばまさしく呪縛《じゆばく》

老いてなほひとり遊びを続けむか花を抓《つま》みて甕に浮かべて

捜し物をして戻りたりやうやくに眼鏡置きたる場に辿り着く

遠くより通ひてきたる女医ゆゑにすでに限度を越えたると聞く

口で説くこと難しく噤《つぐ》みゐてそれでもわからぬときは引くべし

水あらば波立ち浪はみづなくは立たず　生きゐることの確かさ

界越えてゆきにし人のあまたをりなつかしき老《おい》もはや見かけず

目に見えぬものを神とし呼びたればとほき世の人めぐりに笑むも

さやうならさう言ひてもはや逢へざるはせまき国土のゆゑと思へず

スムージーを飲みつつアンダーパス潜《くぐ》るカタカナ多き街はサーバー

もはや誰もフルトヴェングラーなど口にせず　独り住まひの音楽を聞く

その総《すべ》てが日の目を見るとは限らざりガスタービン列車もその一つなり

楓の葉

特売場《バザール》で妻が求めしうつはあり薬種種《くさぐさ》置かれ役立つ

認識の甘さか点検の怠りか想定外とは逃げ言葉なり

体内に化学工場を設《しつら》へて蜘蛛《くも》は強靭な糸を吐き出す

重重《ぢうぢう》と積まるる雪のその下に春に咲くべき水仙がある

黒変をしたるいろは楓の葉　暑さ終れば新芽吹き出《い》づ

秋草の役目を終へて藤袴目立たなくなり群がりてゐる

誰からも連絡はなし親しかる人にてあれど後に死を知る

頭《づ》のなかに鳴る浪の音繰り返し繰り返されて晩秋が来る

蔓草に絡みつかれて倒れをりしが草引き抜けば木は直立す

樹を囲む気流に差あり黄と緑棲み分け化粧す公孫樹の古木《ふるき》

わがめぐりにをさなのゐるは一軒か道を老い人ふらふら歩む

沼生れてしばらく魚のをりにしが渇水期ののち自決してゐつ

選ぶべき秀歌はＡＩにまかすべしこれから先の若きせんじやは

せいしやゐんの募集のチラシ朝刊におうぼしかくは三十歳まで

長寿

劣化する体内部品それぞれを換へるすべなく晩年が来つ

切れば忽ち己《おのれ》を主張する茄子《なす》に熟せぬゆゑの悔しさあらむ

霧のなか彼我《ひが》は間近に迫りきて長寿ならざる芭蕉《はせを》のひと世

地球より搾取はやめよの声聞こゆ天女か神か孤《こ》なれば勁《つよ》し

無傷《むきず》ではあらざる地球ともかくも小惑星にねらはれてをり

大きな目小さな口を目指ししがをとめの髪はしろがねとなる

人類の生まるるまへにウイルスは生《あ》れしとも聞く　共存すべし

きざはしを登るにつけて匂ひ増す　あの家の昼をカレーは包む

摂氏四度の水に浸しておけば蘇《よみがへ》るいのちと聞けどみづ冷たかり

落ちてくる葉の一枚はわれならむ水気なき過去を手にとりてみむ

樹《き》に耳があるのか伐ると言ひたれば枇杷《びは》はたちまち実を付けしとぞ

千切りたる一節《ひとふし》を拾ひつなぎゆくシューベルトはパッチワークの名手

子どもらはパプリカの歌をうたひをり私は野菜の歌かと聞きてをりしに

ことばこころをミューズのかみへモーツアルトの埋葬されし居《きよ》はやみの中

埴輪

歳重ね衰へゆくをうべなはむ一錠減らし一錠増やす

きつねの面ひよつとこの面露天には一夜限りの動物集ふ

水面に大小の魚集まるにその下にあまたの死は睡《ねむ》るらし

泣く鬼は貌《かほ》を見らるること懼《おそ》れ人混みの中へ紛れこみたり

支配好むものらは武器をいのちとし易易殺しの究極目指す

感情の積み重なれば堪へ得ざるときに放たる人に向かひて

何を願ひつくりしならむ一体の埴輪《はにわ》があれど誰も知らざり

前《さき》の世は何の動物後《のち》の世はヒトは喰はるる餌になりゐむ

ささがにの姿が見えず一組の消毒の人らの過ぎ去りしのち

臥す子規のことばずしりと響ききて生きるとは何わが身叱らる

蜘蛛《くも》の糸顔にかかればむず痒《がゆ》し　見えざるものへの懼《おそ》れ高まる

皮膚を切らむばかりの紙幣たちまちに折られ汚され衢《まち》をさまよふ

絵馬のことばひとつひとつを読みたきに達筆ゆゑにわれには読めず

円空仏

きみの言ふ左と右は私には右と左ぞ考へて言へ

存分に発色せねばその次を期待するのか楓散りつつ

誤字脱字誤訳に誤記と正常にあらざれど稀に注目を浴ぶ

沼の面《も》の繋ぎ目に貌を出す睡蓮《すいれん》はしばらく朱《あか》き花輝かす

帰り来よと言ひても帰れぬ霊《たま》多し大陸からもまた海からも

拓《ひら》けゆくことに期待し登りゆけばそこは火口ぞ眼下は地獄

山百合の球根融けゆく土のなか花咲かすまへの悔しみありて

過ぎ去りてしまへば辛きことなどは勲章のごと吾が胸に垂る

花束の価値ある期間たちまちに過ぎ去りドライフラワーとなる

手もと狂ふことのあらずや円空仏を彫りたるひとの手早さ知れば

底知れぬ沼にむかひてとびこみし蛙のゆくへたれも知らざり

はだか樹

はだか樹の梢揺れをり走り去る風のいのちは短きものを

飛鳥《あすか》より寧楽《なら》への頁に挟まれて栞《しをり》はどつちつかずに悩む

墨磨りて落ち着くまでのひとときを幾百千の文字出番待つ

兵に振りし日の丸の旗残されてゐるのだらうか一本くらゐ

風の厚みやがて喪《うしな》ひゆらぎゐし木の葉やすまる刻《とき》来たるらし

拉致されしむすめにひと世を捧げたる父親のこゑ忘れ難しも

鞦韆《しうせん》はけふも垂れをり自粛する日日に錆びゆく　人は知らざり

すくひたる真水を喉《のみと》に流さむか　意に添はぬこといくらでもある

みづ色のカーテンの向かうにある部屋に魚族のきみは回遊しゐむ

いまひとつと言ふべきオペラ上演は日の目を見ずに埋もれしと聞く
フランツ・シューベルト歌劇『アルフォンソとエストレッラ』

べかりしを　べきにもあらず　べかりける　和歌の歴史をすててはならぬ

走り根

朱を塗《まぶ》すにはの片隅ことしはも薬剤使はず花花乱舞

重力は体内深く作用して痛み起こさせゆさぶられゐる

走り根の絡まる上をおぼつかな鞍馬《くらま》の山を妻と歩みき

錯誤などをりをりありて踏切にとどまり遠くの信号見をり

寝《い》ねぎはに少し弱まる耳音に　闇の中より妻のこゑする

葉に露をいくつもとどめ水玉は山芍薬に馴染みゐるらし

ひそと咲く山芍薬は妻の好みしかの面影を支へゐるがに

ゆるやかに色を積みゆく京鹿《か》の子ことしは特にあざやかさ見す

寝押しする必要なくなりそれからは蒲団《ふとん》を捲《めく》ることなくなりぬ

寝《い》ねられぬ真夜《まよ》に目覚めて起きあがり背なの痛みに堪へつつ過ごす

あしおとを忍《しの》ばせちかづく終焉《しうえん》を胸にきざみつつ風吹くを待つ

数珠

食細くすれば低下をしてゆくか免疫といふ内なる盾は

ほんたうに地元の産か手にしたる菜の一束のみどり疑ふ

父逝ける歌並びをりつくりたる歌人の写真は笑顔を見せて

ＡＩが人の知能を越ゆるときナチの再来があるやも知れぬ

老女らが大数珠《じゅず》を手に繰り送り念佛となへし遠き日ありき

浄《きよ》き思ひ留めおくなどそれすらも自虐に似たると嘆き口にす

集まりに顔を出さねば異端児ときめつけられて咎負ふらしく

石混じる土掘りゆくにこの場所になじめぬ花もあるとこそ知れ

しやしやり出ることに是非あり自らの生命と引き換へに何を為す

あこがれはその地に棲めばわかるものいづれ一人で死ぬべきものを

白き碍子《がいし》の電信柱電線は未来に繋がると信じてをりき

青　熒

片足を上げて下着を替へむとす吾が身支ふる地すら傾く

にんげんは猛獣の一種と思ひをり生肉くらふ貌《かほ》眺めつつ

鉛筆は２Ｂと４Ｂ　赤と青　すべてミツビシ製にはあらず

中空の月のひかりはわが皮膚に触れて反射し痒さもたらす

おもむろに軌道修正なしてゆくわが心処《こころど》のあはれなるもの

私のめぐりをつつむ舟歌はフォーレのピアノ　潮の香がする

凧の糸切れしがごとく締め切りの迫れどことば浮かびては来ず

私のかほをつくりし鋳型もしあらば転生《てんせい》に再利用する人やある

たちまちに消え去るものを〈せんりつ〉と呼ぶとき人は音楽といふ

たにあひをひたすら行き来する夜の青熒《せいけい》のいのちをあはれむべきに

青熒　二首

かすかにもともるひかりを惜しみつつ過ぎゆくときをいとほしみつつ

Ⅲ

戦中

冬の日に裸足《はだし》で駆ける校庭をやがて街へと声出しゆきぬ

ひとりづつ机の蓋にて頭《づ》を叩く教師に誰も言へざりし過去

机の上にすわらせられにし感触の冷え冷えとしてじつと耐へにき

いまもなほ〈欲しがりません勝つまでは〉甦りくる〈鬼畜米英《きちくべいえい》〉も

床ざつまと言ふがありたりあのころもあれ程不味《まづ》きものあらざりき

木の葉舞ふごとく飛びゐし戦闘機工場より火の手上がるを見たり

がうがうと過ぐる敵機にふたたびを防空がうに身をすくめゐき

日の丸の旗よ上がれよ鼓舞されてさうした日日を疑はざりき

ひむがしの夜空かがよひ音立てぬ照明弾に身をひそめゐつ

つぎはぎの衣服を常に繕ひてゐたる母なりよなべ仕事を

戦　後

茄子《なす》管を蠟燭《らふそく》の火であたためて音量増せど束の間のこと

真空管ラジオ　二首

並四のラジオにて聞きたる玉音は抑揚激しきこゑにてありき

電球を取り囲む黒き布外す今夜より灯火管制不要となりぬ

簞笥より取り出しし着物といくばくかの米とを換へにし母勁《つよ》かりき

裁ち鋏で切りたる新聞紙五、六枚糸で綴じ新制中学校の教科書と為す

食ふものがなくてもお湯を飲み干せば二時間は持つと老教師言へり
曰《いはく》湯腹一時《ゆばらもいつとき》

わがクラスに弁当持たざる生徒をり先生は銀シャリ頬張りゐたり

「真相はかうだ」の冒頭音楽はベートーベンの「大公」だつた

〈坊つちやん〉を読み不合理を知りたるは新制中学一年のころ
教科書の薄きがゆゑに中学は午前中にて帰宅をしたり

Ⅳ

吉野幻想

吉野山花を見しより西行は身より心は離ると詠みき

離れたる心は花の散りしのち戻るあてなくさまよふらしく

吉野まで尋ね来たるは許多ゐていまは常世《とこよ》に花めでてゐむ

花咲くはあと幾日か風のなかあまたのつぼみ堪《こら》へゐるらし

かすかなる花木の揺れに気付くとき蕾のすべて膨らみてをり

いちはやく朝の光をうけとめてよろこび放つさくらの樹樹《きぎ》は

取り囲む桜無限のはなびらをいだき放たむときを待ちゐむ

咲く枝垂《しだ》れ桜をうつすにはたづみ吉野の山のつかのまのとき

妻と見し吉野の桜風のなかゆらぐ枝よりはなびら放つ

はなびらのやはらかく目に近づきて視界をかくしうすべにを生む

夕ひかり葉を陽に溶かしこの世よりとほき世界へひかりを流す

はなびらのをりをり触れあひ風にのりゆらぎ渓間へ流されゆくを

咲くさくらしだるる桜うすべにを混ぜ合はせつつはなびらながる

手のひらのうへのはなびら重みなき花のこころを吾が身となさむ

ゆふぐれていろづく山のやがてくる闇の中へと色はとけつつ
風にのり山のなだりを舐《な》めてゆくあまた花びら惑ひもせずに
はなびらは渓間のうへを選びゆく引力に逆らひしばし光りて

千万のはなびらは散る常世《とこよ》へときみゐる地より眺めて欲しき

はなびらに水の宿りて夜のひかり鎮《しづ》めてしばし安らぐときを

陽のしづみ山の端よりゆるやかにのぼりくる月　花浮かびくる

吉野発ちし静御前《しづかごぜん》の辿りたる径はたえだえたどきもあらず

祝祭はたちまち終り戻りたる日日はかなしき心処《こころど》冷やす

約束を果たさむとして思ひしがすでにこの世はとことはの闇

はぐれたる君とふたたび逢ひたきに桜の精となりてをりたり

形相《ぎやうさう》のはげしき蔵王権現《ざわうごんげん》のいかりしづもる日を待たむかな

V

感傷

晩秋の街より出でて向かふ道　瓶の破片がきらきら光る

逆立ちは出来ざる齢《よはひ》奪はるるものの多きに溜め息をつく

割れやすき爪を厭《いと》ひてしばらくは摩《さす》りてをれど観念をする

風の力を受けてしなへる竹なれど泪《なみだ》ぐむことたまにあるのか

花散りて疲れやすきを如何にせむ餌を待つ魚を思ひ浮かべて

冬ごもりの季節は来たりもう何も要らぬと思へど本買ひにゆく

この種子に葉も根も茎も花も実も閉ぢ込めいつか開く日やある

ことごとく名を残さざる仏師たち黙黙と屈《くぐ》まり彫《ほ》りゐしならむ

遠き日に子ら連れ踏切に向かひたるははよ戻りしゆゑにわれゐる

おとがひを撫でつつ聞きぬ汝《なれ》の死を　孤独はつねにわれより去らず

仏師らは如何なる思ひを抱きつつ樹を削《そ》ぎほとけを彫りたるならむ

けふもまた追ひかけられゐる夢見たり感傷は捨てよと言ふこゑ聞こゆ

平和とはたたかひのすみにちぢこまりくづれてしまふあやふさをいふ

くれなゐのかはらなでしこしばらくはほほゑみをわれに与へ　はつなつ

線香花火

ことごとく魂《たま》をいれざる仏像を飾りてすでに七年経ちぬ

かつて訪ねし六甲山の道沿ひに昼なほくらき一角ありき

首長きみどりの硝子《ガラス》器沖縄の店にて品定め為ししことあり

本籍はわが生れし街さりながら戻らうとする思ひは湧かず

実験室にこもりて遅くなりにしを君は待ちゐき食ととのへて

封書より出でたるわれへの文よむにその次もまた逝きし人なり

第九番がつしやうせむと仏前にすすめばかすかに歌が聞こゆる

いつぽんの線香花火の火の玉のしばしのいのちを児は握りゐつ

ハビタブルゾーンに地球のありたるは奇跡奇跡の上に人住む

編み目なす宇宙の構造わが脳もまた小宇宙　老いてはをれど

アボカドをつくるサバンナのまんなかに象は行き場を喪《うしな》ふらしも

冬を待つと言ふにはあらねどわがからだは夏には弱し　厳冬もまた

流星はわが魂《たま》ならむ仰ぎ見よゆくすゑほたるとなりて地上に

痕跡

風俗も習慣もまた言葉さへ違ふ地なれど逞しく生く

生方たつゑ　四首

窓あらず天井高き部屋に棲みひとり黙黙歌つくりしか

結婚の前後で顔つきの変りたる女流歌人は長生きしたり

歌のみに頼り生きけむ年年をちからみなぎる生方たつゑ

縛らるるこころを解《ほぐ》すものやある汚れざる水への拘《こだは》り続く

夜の駅を発ちてふたたび訪ねざる街を思ふにあの人居らず

そのかみに屍《かばね》焼きしを知りたれどその痕跡を見せざり京は

交はりし人らに忘れ去られたることを思へば妻がいとほし

わが皮膚をすべりゆく水　頭の上の雲より来たる警告ならむ

わが知れるあなたはいまだに貪婪《たんらん》な性を捨てずにひと世終らむ

もうすでに暴走の初期にあることを誰も言はざり温暖化初期を

こゑにならぬ言葉のあまたを呑み込めば身も凍えゆく厳冬の街

私は四つのテーマを繰りかへし自己模倣してゐると民子《たみこ》は言ひき

西武線のホームにひとり立ちてゐる三四二《みよじ》に寂寥《せきれう》の溢れてゐたり

寂寥　二首

こゑかくることはばかりて遠くより見つめてゐたり冬のホームに

ともかくも時間が連れてゆくひとをひたすら前へと行きて戻らず

高齢者はしかくあらずと言ひにける人もやうやくかうれいとなる

一滴の水

歳月の過ぎゆき早しわが丈は少し縮みて踏台が要る

宇宙より運ばれきたる一滴の水が泪となりて落ちたり

一滴の水の存在さへ奇跡ましてにんげんの存在すらも
天然瓦斯《ガス》を肥料にせむとこの国も地球をがりがり削りてゐるに
この狭き地球を滅ぼす行為など他人事《ひとごと》として気温上げをり

ネオニコの追ひつめるもの蜜蜂も蜻蛉なほも数減らしゆく

かすかなる光と言へど完璧な闇のなかではやすらぎ生まむ

もうこれで終りと思ふにふたたびを戻りてまたも人を困らす

すすみゆく老衰を思ひつつをればからだの水は濁りてゆくも

呼応することなく過ぎし歳月をいとほしみつつ米研《と》がむとす

いままでもこれから先も起こらぬと予測出来ねば幸せならむ

入院をしてゐると君より電話あり脚のやまひと聞きておどろく

ぬめり残るコップ手にして運ぶとき罅《ひび》が入りてゐるに気がつく

小惑星が落ちてくるのはいつならむ確率ゼロなどある筈はなし

地の底の動きのうへに建てられし家に住みゐてうたた寝をせむ

父は古流と聞けどもつひに鋏《はさみ》手に花を活けたることあらざりき

潮花　六首

ははの活《い》くるは正月のみをわれが選びし花前にして鋏持ちにき

ちちははははな好みたりわれもまた花にしたしみひと世終らむ

秩父まで出向きて挿花《さふくわ》など教授してゐたると聞きぬ安達《あだち》潮花《てうくわ》が

潮花より上京を勧《すす》められても断りし母なりゆゑにわれ産まれたり

ああわれは花をことばにおきかへてうたひてゆかむ息絶ゆるまで

恋と変　心《こころ》と夂《ふゆがしら》はときとして憎みあふらし目を剥きながら

ひとを恋ひおのづからなる生《しやう》をへて和泉式部《いづみしきぶ》は果てたるらしき

紺丹緑朱

筆圧の弱くなりゆく児童らは２Ｂ好みて腕《かひな》動かす

神神のことばのやうな雪降りて月のひかりは女神の衣

数日を経て一枚の葉書着く鳥は遅れて降りてくるなり

長蟲は神の使ひかしろたへのゆゑにいにしへ人《びと》敬ひぬ

いのちとは何物質の集合により生まれたる所詮は空無

山上の城にこもりて血を流す戦ひありしに廃墟となりぬ

文明の蔭に信夫のをりしこと　君は大陸の動静訥訥《とつとつ》語る

雁部貞夫氏講演　於土屋文明記念文学館

人麻呂の歩みてゆきし路いづこ渡りし川も越えたる山も

紺丹緑朱《こんたんりよくしゆ》いやいや違ふ画面には魂胆緑酒と表示されたり

瓦斯焜炉《がすこんろ》の噴く尖端の青白きほのほは火の海となす力あり

十三夜に手を合はせたり　是非もなく水惑星から離れし月に

わが胸より一枚の影剝がれしがひらひら川の向かうへと翔《と》ぶ

もう一度行きたい社《やしろ》さりながらゆく道は記憶の外にかすみて

踏まれゐるはなびらたちの痛みなど知らず少女ら坂駆けてゆく

生きのびるためには矮小化が必要と聞けどその種は滅びしと聞く

街を歩めばいつも見られてゐるらしもカメラ設置の数増えゆくに

清《きよ》の墓を捜《さが》し当てれば〈坊つちやん〉の姓があるいはわかるだらうか

水素得むとするとき生まるる炭酸瓦斯　クリーンの背後にすり替へがある

北の地のなみだのしづく草の葉を湿らせいのちうばはれてゆく

いくさとはこはし続くることらしき本当にそれでよいのだらうか

演技

くちびるの形が君の内面を顕《あらは》すとして眼を洗ひ見む

表情を制御できねば一流の演技者たるべき資格はあらず

千年をたちたる楓　黄緑朱《わうりよくしゆ》　落葉は川面を揺られゆくらし

二日経てやうやく届く郵便物きみは別れを告げてをりにき

白き歯を見すれば笑むと錯覚し応ずるときに痛い目に遭ふ

一粒の痛み止め飲み古き写真を袋に入れてごみ捨て場へゆく

理不尽な攻撃為したる大国をなじりてデモする人ら見かけず

放心のかほが演技と気付くまでしばらくかかる割り切るべきに

結界《けつかい》の中へ散りゆくはなびらはほとけにまみゆる幸《さち》あるならむ

探せども棚にはあらずスーパーに見かけなくなりたる大粒納豆

易易と非日常の表情に入り込む二十歳ちかくのをみな苦もなく

欺《あざむ》かれてはならぬと思ひ見てゐるに演技と気付くまでに間があり

これからをたつぷり溜めゐるをとめたち今しは何も気付かざらむに

引き続きみなわのことば流されてたちまちしづむ　温泉にゆけ

地衣類

渡月橋渡る少女ら画面より目を離さずに人躱《かは》しゆく

歩みゆき交差点へと着きにけり極楽地獄の境目ならむ

地衣《ちい》類に鬩《せめ》ぎ合ひあり絶えたると思ひし銭苔《ぜにごけ》また蘇る

ひと日過ぎ十度下がりて跨ぎたる夏秋の間の雨の冷たさ

何時よりかオール電化の宣伝の消えて電気店に勢ひはなし

折折につまらぬものを購入す衣服のたぐひなどその一つなり

常識を乗り越えたとき見えてくるものを発見と言ひつつ笑ふ

まばたきをする間に生命は終はるのか宇宙時間と比べてみるに

思ひ出は相次ぎ毀《こは》されゆくらしも湯飲みひとつが割れてしまひぬ

手を振りて人混みのなかにまぎれゆく妻見失ひたり遠き日のこと

田井さんと逢ひて茂吉のこと聞けど目覚むればすでに常世《とこよ》の人ぞ

いつしゅんに触れたるおゆびのやはらかきぬくもりありきみ知りしころ

知りゐると思ふに知らぬことを知りたればわれはひととき落ちこみゐたり

地をふかくすひこまれゆく海水は岩石すらもぐにやぐにやにする

自撮り

八女《やめ》茶飲み思ひは走る遠き日に妻と渡りし天草五橋

かのくには信頼できぬと言ふされど飛鳥《あすか》時代の恩恵思へ

富士山の噴火は何時ぞ来む日日を想像すれど実感湧かず

金銀の木犀あれど鉄《くろがね》も　銅《あかがね》もあらざりいやしきゆゑか

球体のなかに小さき宇宙あり　されどなづきは収縮止めず

くすの木は丘に一本　千年を経たれば神としうやまふべきに

目を瞑《つむ》りあゆめば左へと逸れてゆくわが習性はいまも変らず

冬山の樹幹を穿つ緑啄木鳥《あをげら》は脳震盪《なうしんたう》を起こすことはないのか

たましひを抜かむとするにいやがりて心処《こころど》深く縮こまりたり

背の痛みは冷えともどもに襲ひきてしばしの間虹に背を向く

火をとむるまでの時間に縛らるる里芋の歯ごたへを左右するゆゑ

いのちなきふくろふを腕に自撮りするをみなは黄葉の下に微笑む

貌に手を当つれば火照《ほて》りゐることに気付きそそくさと川辺へ行きぬ

銃声は駅前の道路にこだましてしやていのなかにひとりよこたふ

地の底

解析の過程示せぬＡＩは思考の限界を示すにやあらむ

抱かむと思へば風の入りきてたちまち寒き現実となる

何よりも美味しいと言ふきみの手の荒川源流水の一瓶

天体の音楽として明け方にひかりの束がふと降りてくる

牧水の表裏の間に沈むもの酒のほかにはあらざるものか

地下深く働かされて地の底にシールドマシンが千台睡《ねむ》る

薄き葉を透り抜けたる真夏日のひかりは薔薇の花艶めかす

役立たぬ研究なして得しものがノーベル賞と受賞者は言ふ

縄文の土器は女体《によたい》か逝きし児を容れ埋めにしか蘇生信じて

縄文の土器　二首

たましひを気体となしてはなつべし縄文土器はいまも焱《ほのほ》を

燃やされし金堂の壁画を目にしたりみつむる人の居らざる部屋に

法隆寺壁画　二首

辛うじて線描《せんべう》見ゆる焼けし壁画の仏《ほとけ》は見らるるを拒否してをらむ

沈みゆくツバルの土地を冷え冷えと見つむるまなこを大国といふ

光速よりはやく膨張せし宇宙　人智を越ゆるものかぎりなくある

消えてゆく

野性味の喪《うしな》はれたるわかものの武将の演技女形《をやま》のごとし

殺さるる人権よりも殺したるものの人権を上位と為すか

過ぎゆきの体験はすでに霞みつつ晩年は来る足《あ》音《おと》立てずに

人類が猿《ましら》の大きさになりたれば善人のみの社会となるや

北《きた》千《せん》里《り》陶器買ひたる妻にしてあの皿がどれか今はわからぬ

子は親を捨てて生くるに長寿などと言はれて老《おい》は金杯を受く

嵌《は》め殺しの窓ありもしも火を出さば人のいのちは危ふきものを

親指は何故短いのと問はれたり置き去りにされたるゆふまぐれ

このの ちも堪《こら》へ過ごさむ高齢者は登録文化財として扱ふべきに

老いびとの蓄へゐるに目をつけて根こそぎ欲しいと政治家ら言ふ

韻律はおのづから涌くと言ひ坂をのぼりゆくなりされどさびしく

閻魔《えんま》さまの怒りいつまで　この世から人居なくなれば無聊《ぶれう》抱かむ

知りびとがゐたのにふつと消えてゆく次から次へと身のまはりから

八億年前宇宙より降り注ぎたる隕石の燐は生命のみなもとらしき

女神

荒川の水は下流に少しづつ汚《よご》るるに人はそしらぬ貌《かほ》す

寂《さび》しさは秩父の鬼を取り囲むことさら厳《きび》し冬の季節は

蜂蜜と蜜蜂の違ひに気をつけよ　空《くう》即《そく》是《ぜ》色《しき》　色《しき》即《そく》是《ぜ》空《くう》

人の手の加はりてゐる京の庭自然らしさを職人が生む

水銀《みづかね》はをのこ　をみなは鉛らし　胎児蝕《むしば》む物質がある

恋愛の顚末《てんまつ》語る二人をり　北の地に血を流す紛争ありて

追はれたる鬼はいづくに潜みゐむあの聚落《しうらく》はいまでも霧に

秩父嶺に時雨《しぐれ》来たりて伝説は忘れられつつひと減りてゆく

伝統を毀《こは》さむとしてことごとく抑へこむらしこの二年ほど

ゆふぐれに火を焚くしばしわが庭に風よ吹くなと魂《たま》を招きぬ

次次に消えてゆくもの　駅の時計　公衆電話　高齢者もまた

蛇苺食うてはならぬそれゆゑに生き延びやうやく晩年となる

世を捨てむさうは言ひても西行は苦しみ人とまじはり逝きぬ

出逢ひよりも別れ殖えゆく日日にして女神のやうな少女を見たり

翁《おきな》たるわれは野の道風の日に草の実を下半身に付けつつ歩む

スカルピア男爵よりもはらぐろき人ゐて星は光ることなし

うしろ足のみじかき蜥蜴《とかげ》強風に耐ふるをしんくわと人は言ふらし

老い木

賜りし当帰《たうき》の粉を湯に入れて暫し大和《やまと》の初夏を味はふ

歩みしは山の辺の道魂《たましひ》を置き忘れたる人の居りたり

天平《てんぴやう》のいろは簡潔おのづから単純さゆゑのけざやかな色

しどけなきわが胸内に棲む鬼にむかひて豆を節分の夜に

やうやくに桜の季節となりたれば泪は滲む息絶ゆるまで

樹の洞《ほら》にいのちはぐくむ鳥のゐて人避け夜に行動をする

昏《くら》ければ死者にも見えむいくつかの螢のひかり川原離る

石の中に形の見えてをらざれば馬は生れぬと彫刻家いふ

アボカドをならせるために大量の水使ふなど人は知らざり

ゴルフするをとめ多かり沖縄に戦ひしをみなごに思ひ及ばず

使へざる武器をかかへて威《ゐ》嚇《かく》するものも言はずに力を誇示す

枝枝に樹液はのぼりみどり濃き葉を繁らせて見上ぐるほどに

南極のくわざんがいつか噴火して氷の融くる日をおもふべし

花近き老い木なれどもことしまた常と変はらず咲かせむとする

香《かう》を聞くひとりのをみなすずやかに　流れゆくもの追うてはならぬ

かたちよき樹にせむとして切り落とされし枝はたちまち枯れてしまひぬ

あとがき

この歌集は『水晶の馬』『希望園』『通奏低音』『響』『水響』『水月』『水泉』『清韻』に次ぐ第九歌集である。『清韻』を上梓してからまだ二年程度であるが、今年の十月に満八十八歳になるということで、第九歌集『青熒《せいけい》』を上梓することにした。歌集名の〈青熒〉とは、『新字源』（角川書店）によると〈青く光る。玉の光沢にいう〉〈灯火の光〉とあり、〈熒〉は〈ともしび〉〈小さいあかり〉〈螢〉他の意味があると記されている。私自身、螢のように微かな光を放つ存在そのもの、という趣旨で歌集名を決めさせて頂いた。

ここで、Ⅰは『清韻』上梓後の約二年間の作品で、角川「短歌」「短歌往来」「短歌研究」「うた新聞」「響」他に発表させて頂いたもの。Ⅱは『清韻』上梓以前の未発表の拾遺集。Ⅲは昭和九年生まれの歌人の会会報「まほろば」に発表済みの一部。Ⅳはかつて吉野を訪ねたときの回想歌で今年の「響」新年号に発表したもの。Ⅴは『清韻』以後の未発表の作品、という割り振りになっている。

　父母や妻順子《よりこ》が先に旅立ち、子のいない私にとって、十五年余のひとり暮らしは、家族詠などとは縁遠くなり、自ずから詠む題材が限られてきたが、その分自由に題材を選べたような気もする。とは言え、その分散漫になってしまったことは否定できず、それは私の力不足によるものでご容赦いただきたい。

『清韻』では、ある程度拘わって選歌を行ったが、今回は一切合切を掬い取った、言わば私自身を洗いざらい曝け出したもので、何か混沌の時間の中に浮揚している危うさに気付かされるが、それはそれで致し方ないと言うほかはない。

　拙歌集上梓にあたり、角川「短歌」矢野敦志編集長、打田翼、松田真実各氏及び装幀を担当して頂いた熊谷博人氏ほか社内を含め、多くの方々にお世話になった。この場を借りて、心より感謝申しあげたい。

二〇二二年九月

綾部光芳

著者略歴

一九三四（昭和九）年一〇月一七日埼玉県飯能市生まれ／現在　埼玉県秩父市在住

一九七〇年八月　作風社に入会　大野誠夫に師事／九八年　作風社退会

一九九一年六月　樹液短歌会（宮岡昇主宰）入会／九七年　解散により退会

一九九七年一一月　響短歌会を主宰　隔月刊歌誌「響」を編集・発行／現在・主宰者

歌　書

二〇〇八年七月　『短歌の源流を尋ねて』短歌研究社

二〇一三年八月　『若山牧水の歌を読む』ながらみ書房

二〇一四年一〇月　『歌人　大野誠夫の青春』いりの舎

歌集　青熒　せいけい

響叢書第四十二篇

初版発行　2022年10月17日

著　者　綾部光芳
発行者　石川一郎
発　行　公益財団法人　角川文化振興財団
〒359-0023　埼玉県所沢市東所沢和田3-31-3
ところざわサクラタウン 角川武蔵野ミュージアム
電話 050-1742-0634
https://www.kadokawa-zaidan.or.jp/
発　売　株式会社 KADOKAWA
〒102-8177　東京都千代田区富士見2-13-3
電話 0570-002-301（ナビダイヤル）
https://www.kadokawa.co.jp/
印刷製本　中央精版印刷株式会社
 ISBN978-4-04-884492-5 C0092